페이스트리 우주

페이스트리
우주

The Pastry Universe

원대현 시집

좋은땅

목차

한
겹

처음엔 무심한 듯
그리움으로 반죽을

두
겹

끊임없이
구워지는 생지들

세
겹

바사삭바사삭,
부스러지는 국경의 시간

네
겹

한입을 베어 물면
입안을 맴도는 애도

한
겹

처음엔 무심한 듯
그리움으로 반죽을

강원도

덴턴인지 덴톤인지 발음도 어려운 이곳엔
굵은 빗줄기가 시끄럽게 창문을 두드리지만
아버지의 고향, 강원도에는 흰 눈이 쌓이도록
내렸겠지요

그 추위에 당신께서는
타다 남은 장작과 작은 불씨만 남은 옛 아궁이에
눈을 찌푸린 채
휘유 후 휘유 후
가쁘게 바람을 불어 넣고 계시겠지요

몽상처럼 눈을 감고
함께 흑염소에게 아카시아 잎을 먹이고
함께 햇감자를 한 아름이나 캐던
어릴 적처럼,
낡은 간이 의자 하나 대고 당신 곁에 앉아
슬그머니 새 장작 하나와
퇴색해 가는 추억까지 밀어 넣어 봅니다

순식간에 옮겨붙은 불꽃으로

페이스트리 우주

아른거리는 눈동자에 맺히는 것은
어울리지 않게 철조망이 있던 유아원과
유난히 덜컹거리던 군용 버스와
옥상에서 병정놀이하는 아이들, 아이들

불타 사라진 옛 시골 기와집과
하늘을 닮아 투명하고 맑던 소양강과
한겨울에도 지친 기색 없이
동생과 나의 썰매를 끄시던
건장하셨던 아버지, 아버지

온통 분홍빛 벚꽃 잎이 휘날리던
중학 시절의 윤중로와
은색 펄 물감처럼 반짝반짝 빛나던 또래 소녀들과
천문학자를 꿈꾸던 여드름이 성성한 소년과
노란색 줄무늬 쫀쫀이 불량 식품을 구워 먹으며
함박웃음 짓던 벗들까지…

두서없이 펼쳐지는 낡은 추억의
흑백 슬라이드 사진이
정신없이 지나가서
홀로 주책이라는 생각에 황망히 눈을 뜨니
백색 형광등만 우두커니 켜져서 반깁니다

아버지,
창밖에는 아직도 굵은 빗방울이 창문을 때리지만
마음 깊은 곳엔 강원도의 흰 눈만이
켜켜이 쌓여 갑니다
그리움만 영원같이 쌓여 갑니다

페이스트리 우주

미니홈피

"잘 살고 있어요"
실은 "잘 살길 원해요" 말하고 싶어서
적지 않은 시간 낭비했던 비좁은 인터넷 창과

이제는 비밀처럼 가두어 버린
덧없이 흘러간 청춘의 사진과
초라한 독백의 다이어리와

옛 일촌들의
기억나지 않는 연락처와
기억하지 못한 아이디와
흩어져 버린 얼굴들과 함께

회색 화면 위를 스쳐 가는
알 수 없는 제목의 배경 음악만이
새벽안개처럼 내려앉고 있었다

온기

딸기처럼 새빨개진 앙증맞은 두 볼
따뜻한 손바닥으로 어루만지곤
병아리 잠바, 털모자, 목도리로
꽁꽁 싸매 주셨던

얼음장 같은 고사리손에
벙어리장갑 끼워 주곤
동생 손 꼭꼭 잡고
조심히 다녀오라고 당부하셨던

행여 차갑게 식은 밥 먹을까
따끈따끈한 보온도시락 한 칸 한 칸
미역국, 멸치볶음, 분홍소시지를
정성과 걱정으로 채워 주셨던

함박눈 오는 날
우산 들고 교문 앞에 기다리시다
동생 손 꼭 잡은 총총걸음에
이른 봄 햇살같이 밝은 웃음 보여 주셨던

페이스트리 우주

갑작스런 새벽 전화에도
옛집 온돌마냥 따신 목소리로
시렸던 마음, 언제인지도 모르게 녹여 주시는
우리 엄마

무게

어떤 무게가
조금씩 그러나 빈번히 놓인다

매일 한 덩어리씩
+ 어제(한 덩어리)
+ 오늘(한 덩어리)
+ 내일도(한 덩어리)

누가 가져다 놓는지도 모르게
지나간 생일만큼 놓이는 무게
한없이 순진한 마음 위로

페이스트리 우주

달빛 아래

비추는 달무리에
거느린 달그림자 위로

사람들이 살고 있다
내가 살고 있다

추억 없이 살아가는
달빛 아래 시간 속에

소음들

아침이나 저녁이나 새벽이나 - 어제 또
그제처럼 - 창백하고 고요한 표정으로
키보드를 두들기는 게 매일매일 방부제를
한 움큼 흡입한 기분인데 의식은 단지 도망칠 뿐,
밤새 창문이 열려 있는지도 모르고 벌벌 떨며
잠들었다가 햇빛에 뜬 피곤한 눈이 아직 아리고,
방바닥은 아지랑이가 필 것같이 한여름이다

윗집 아기는 기절할 듯 울어 젖히고
아기 부모는 서로의 고함으로 더 크게
울어 젖히는데, 나는 손가락으로 귀 막을 힘도
없이 나풀나풀,
아오 배고파 - 뱃속에 거지가 들었나?

스스로를 허술하게 겨우 옥죄고 나서
주린 배를 부여잡고
곰보 소보로빵 사러 향하는 길에
모자 밑으로 검은 타이어들만 바삐
어떤 해방을 향해 가는 것일까

페이스트리 우주

고마워

피로에 잠긴 눈 겨우 감고 잠드는 새벽
따듯하게 안아 주는 고요한 어둠에게

이른 아침 민들레 씨앗처럼
살포시 내려앉은 밝은 햇살에게

어제의 수고 토로하는 작은 한숨 들어 주며
위로처럼 지저귀는 이름 모를 새에게

계획 없이 내딛는 충동의 걸음마다
맑은 생각 허락하는 청아한 아침 공기에게

헐떡이며 오르는 일상의 순례길에
익숙한 낯꽃으로 동행하는 그리운 이들에게

종강 파티

전공 시험 마치고
발에 치이는 강의실 먼지처럼
인문대 스르르 빠져나오니
후문 언덕 위엔 온통 함박눈이다

애먼 눈송이를 탓하며
살이 구부러진 우산 펼치고
안면 튼 지 얼마 안 된 학우들과
데면데면 인사한 뒤
아마도 영원히 없을 만남을 약속하고

단골 백반집에 홀로 앉아 선명하게 들리는
새내기의 들뜬 목소리들 곁들여
부대찌개 한 그릇 얼큰하게 비우곤

자취방 앞 얼어붙은 계단을
불안스레 내려가며
답을 쓰지 못한 주관식 삼십삼 번
어느 스코틀랜드 작가의
복잡한 영어 이름을 여전히 떠올리면서

이십 대의 마지막
학부 수업을 종강했다

순간

너른 바다 건너니
더욱 가까운 타오르는 해무리 아래에
작은 굴곡 하나 없이 넘실대는 들판을

하염없이 걷다가 멈칫하면 떠오르는

순간의 눈빛
순간의 손짓
순간의 목소리
순간의 표정

끝 모르게
피어난 들풀처럼
걸음마다 이어지는

너란 표상

눈사람

누가 빚었는지 모를
순백의 눈사람이
초봄 밝은 햇살에
조금씩 깎여 나갑니다

통통한 뱃살부터
사각사각 녹아내리다
동네 아가들의
아장아장 진흙탕 발걸음에

귀여운 단추 눈
순박한 주먹코
곁가지 입술만
미소로 남았네요

그래도 해맑은 순백의 눈사람은
허 허 허 허 웃어요
부서지고 흩어져도
원초의 형태로 웃고 맙니다

등대

너는 가질 수 없던 꿈
너는 가질 수 없는 소망
너는 한 번의 손짓에 달아나는 작은 새
너는 잠시 피어나다 사라지는 모닥불
너는 잠깐 졸다가 스스르 깨었던 한여름 밤의 몽상
너는 한 번의 깜빡임에 고이지 않고 떨어지는 눈물
너는 항구 너머 반짝이는 찰나의 등대 빛

나는 마음만 일렁이다
물 내음만 흩어 내는 초록 물결

모든 시

처음 받아 본 학교 숙제
어머니도 나도 어찌할 바 모르다가
밥상에 앉아 짜장면 예찬을 한참이나 적어 냈던
만 일곱의 동시

밑줄 치고 적어 가며 까맣게 읽어 내린
어머니가 사다 준 첫 시집
열넷의 하늘과 바람과 별과 시

먼지처럼 부유하는 스스로의 고단함을
소박하게 끄적이면
해같이 단단한 미소로 읽어 주는 어머니와
그해, 스물일곱의 습작 시

나는
그 모든 시와 시어를 사랑한
당신의 시

읍내 가는 길

지게 지고 읍내 가는 길
작두질해 소 여물 챙겨 주고
나무 한 짐 어깨에 쌓고
감자 하나 겨우 챙겨 먹고
아비의 막걸리 삯 대신 내어주려
다시 바삐 발을 옮기는데

왜 이리 먼가 읍내 가는 길

추수철

끈적이던 열대야
불면의 긴 밤을 지나서야
눈동자를 물들이는 곱디 고운 가을색에
손끝까지 기지개 켜고

대문을 급히 열어
생에 가득 내려앉는
황금빛 수확의 향기를
코끝까지 빽빽하게 채우고

집집마다 호수처럼
적층하는 낙엽들에 잠시 잠겨
먹먹하게 그리웠던
본향의 노을마저 까마득한

지금

북극성

단 한 줌의 문명도
스며들지 않는 깊은 새벽
이름조차 생경한
외딴 수련원의 언덕에서

무심코 휘저은 에이드처럼
어지러운 마음을
가까스로 움켜쥐고 고개 들면

한없이 펼쳐지는
새하얀 별 꽃잎과

환하게 피어난 북극성엔
어머니 얼굴
아버지 목소리
동생 웃음

들리다가
보이다가

페이스트리 우주

가라앉는 과립처럼

쏟아지는 별똥별과

톡 쏘는 신맛으로 조금 쓰린 내 마음

시골 만둣국

새벽녘 때 이른 닭장 울음에
졸린 눈 비비며 엉금엉금 일어나서
창호 문 활짝 열고 청아한 이슬 한 모금

새까맣게 그슬린 아궁이 속
톡톡 튀는 장작 소리 들으며
보글보글 가마솥에 손 만둣국 한 그릇

둥글게 부푼 배 두드리며
마루에 기대 앉아
아침 안개 씻어 내는 빗방울 바라볼 때

옥수수 알 하나하나
떼어 먹이시던 주름진 손과
처마에 밑에 고이는 그리움 하나

　　　　　　　　　　　　페이스트리 우주

두
겹

**끊임없이
구워지는 생지들**

스웨터

고새 마음 사이사이
굳은살이 너무 붙었나

꼭 맞던 스웨터가 맞지 않는 건
집어삼킨 우연들이 쌓인 필연

꾸깃꾸깃 가슴까지 욱여넣다가
다 늘어나 버렸네

터질 듯 스웨터 겨우 끼얹고 나서야
추운 손 비비면서

벽돌 길 새어 나오는 연기까지 좁아지듯
다다른 곳은 처연히도 쓸쓸한 일방통행 길

칠성사이다 실은 파란 트럭
뒤에서 청량하게 경적 소리만

서울

술에 취하지 않고서는
견딜 수 없는 자들의 도시
서울의 달은 휘청거리는, 아른거리는
섬광들 가득해 아름다운데
달보다 높은 동네 길 오르는 할머니는
한 줌의 쉼도 수레에 싣지 못하고
폐지만 가득한 오르막을 가까스로 내딛으며
손 흔들며 달려오는 손녀만 바라보며

니모를 찾아서

코랄색 친구들과 해초 사이를 헤매는
어여쁜 그라데이션 줄무늬-니모는
갇힌 것을 알까 모를까

지느러미를 날개처럼
암만 휘적거려도
그곳 그 자리인데
계속 같은 곳만 빙글빙글

잠시의 가짜 바위틈도
모두 정지장 속
같은 물결에 흐르지 않는 마음으로

니모는 모든 것이 알쏭달쏭
모양도 없는 물결만
휘휘 저으며 노니며
날다 추락하다 날다 추락하다

페이스트리 우주

한강

마음속에 시가 가득 차
문장들을 쏟아 낼 수밖에 없는 날에는
너를 내 작은 연못에서 잠시 꺼내어
한강에 풀어 주는 수밖에 없었다

그리곤 회색 둑에 앉아
물끄러미
한강의 물결 타고 너가 돌아오기만을
조용히 바라볼 뿐이었다

손안의 무거운 밤

슬픈 얼굴 내보이기 싫어
두 손바닥 눈 가리웠지만
그대 생각 그득해서
별조차 가라앉은
손안의 무거운 밤

페이스트리 우주

섭취

오늘도 남의 살을 삼킨다

울타리
첫걸음
울부짖음과 찢김

한 조각에 압착된 삶을 삼킨다
내 호흡하려고

이름들 I

블라인드 틈으로 부서지는
새벽 비 그림자와
고이지도 못하고
꼴깍꼴깍 넘어가는 빗길
가만히 바라보며
기민하지 못해서
흘려보낸 모든 것을 이제와 삼킵니다

삼키다가 다시 오물거렸다가 하는
묵상의 시간을 지나가면

떠나보낸 이름 사이
떠오르는 이름들이
연착하는 기차처럼
어떤 소화기도 오도 가도 못 한 채
가만히 멈추어 섰습니다

페이스트리 우주

이름들 II

모두의 이름은 왜 이리 고달플까
헤아릴 수 없는 사투와 생존의 기록이 담긴

이름들 with Alexa AI

노란 notification light가 무언지 감지하지
못하고 무엇을 바라고 있는지 모르고
해야 할 것들을 한 가지도 하지 못하고
하나, 둘, 셋, 잊혀지는 단어들만
중얼중얼거리다가

드디어 Alexa에게, "Alexa, what's
the meaning of yellow light?;"
then it says, "the yellow light means
that there are unread notifications
or messages."

오…

나는 정작 알림 내용은 듣지도 않고
내 입술을 지나간 모든 문장을 헤아리고
나의 답만 기다리는 Alexa의 오색 빛 발광 위로
내 이름 세 자만 간신히
옹알옹알

페이스트리 우주

만조 I

물결 밀려들어
가슴까지 차오르면
너란 만조에 흠뻑 젖어
동공까지 시리다

만조 II

저무는 달처럼 사라지는 너를
모든 인력으로 부르짖는다
238,900마일 너머 희미한 몸짓으로
너를 당김에도
너는 만조처럼 내게 밀려오라

페이스트리 우주

불가능한 항해

한참이나 너의 곁을 경유하다
만난 침몰에는 방향타가 없다

반신욕

서러움이 그 하루의 분깃보다 셀 수 없이 쌓여
울분조차 토하기 어려운 날에도
마음이 한없이 좁고 무거워져
한 톨의 밝은 시구조차 통과하지 못한 날에도

스스로를 가엾어 하는 마음으로
살아 냄이 가득한 온수로 데워 내려고
하얀 욕조에 차분히 담가 보는 발

페이스트리 우주

인사해 줘요

하얀 바탕에
꽃바람 흩날리는
주름치마 입고
사뿐히 걸으며

건강하세요
건강하게 만나요

꾸역꾸역 견뎌 가는
우리에게
너무나도 순간인 초여름
가벼운 손짓 인사할 때

인사해 줄래요?
무심코라도

신호 대기

물빛 안개 내린 도로 위
시끄러운 모든 신호등 불빛 아래
군데군데 침수하는 모든 가로등 빛 아래

너가 번져 있다

소란스레 충돌하며 산란하는 모든 색의 파편으로

너의 떠남
단 한 컷도 건질 수 없게

애월

애월 모래에 기대어
생각에 잠겨 있다가

육신의 무게만큼 패인 하얀 홈마저
차분히 뒤덮는

애월 물결 위에
생각을 놓고 간다

어깨 위 보풀처럼
툭, 툭, 떼어서

고립의 시간선

그렇게도 화창한 날
인적마저 드문 카페 의자 위
창밖의 햇빛과 마주 앉아
잉크도 얼마 남지 않은 펜대 하나 위에
따사로이 그슬린 스물두 자로

적적함 채워 가며
적적하게 지나가는

고립의 시간선

혜성

영속하는 그리움의 무한 궤도를
거침없이 통과하는 혜성
꼬리만 어지러이 흩날려서
그 찰나의 반짝임을 다만 잠시라도 잡아 두었다

의료인

그대들은 하얀 방을 뒤덮는 두려움이
아무것도 아닌 듯

쉬지 않고 노를 저으며
연옥의 경계를 지나는 뱃사공처럼

혹은

결연히 운명을 받아들인 어떤 덴마크 왕자처럼

빳빳한 정복을 장착하곤
나이팅게일 선서를 매 순간 되뇌이며
환송의 의무에 충실할 뿐이었다

4pm, 토요일

몽롱히 휘감기는
잠기운을 이기지 못해
이불을 얇게 덮고
몇 시간이고 잠든 후
살며시 눈 떴을 때가
토요일의
늦은 오후 네 시

평방 스퀘어 남짓한
작은 방
작은 창 틈새로
조용히 들어오는 바람 냄새 맡으며
살며시 우울한
토요일의
늦은 오후 네 시

3am, 섬

세 시
어둠 속에
가만히 밤눈이 밝으면
침대는 혼자 뜬
섬이 된다

정박조차 어려운
이 버거운 섬

페이스트리 우주

완연히 밤

네 생각으로 완연한 밤

별 사이 피어오르는 네 얼굴

서둘러 꺾어 내 욱여넣지 않으려

혹여 생채기 날까 예민한 마음으로

너를 생각한다

너의 생각으로

완연히 피어오르는 밤에

보물찾기

지층 속 회상들 줄기 타고 올라가
이파리 이곳저곳 숨겨져 있네

몇 번이나 세계 접혀서 그런가

오랜 네 미소, 그 한 장 찾기 힘들어도
우리 끝까지 보물찾기 하자

페이스트리 우주

괘종시계 뻐꾸기

상당히 빠릅니다, 나의 시간은
특히 이 벽시계 앞에서는요
오늘 더, 어제보다 더욱, 그제보다 더더욱

나의 서투른 아침 출근보다
나의 짧게 끊이어 들리는 들숨이나 날숨보다
빠른 박자로 달려가는 초침을 세기조차 어려워

나는 그냥 귀여운 흰 뻐꾸기나 나오기만
기다립니다!

뻐꾹
뻐꾹

한 마리 두 마리
날아간 것들을 세다 보면
날아간 것들에 *베입니다*
나는 무엇을 세는지도 모르면서도
나는 다만 귀여운 흰 뻐꾸기들만
보고 앉아 있습니다

세
겹

바사삭바사삭, 부스러지는
국경의 시간

간청

나 혼자 밝은 새벽,
모자란 잠에 불안이란 양념을 섞으니
상념이란 불청객이 손 흔듭니다

이 공기를 이루지 않는 언어로 간청하는
그의 손을 잡고
오직 그간에 쌓였던 전할 말을 떠올렸으나
어떤 말도 하지 못하고 우물거렸습니다
혀 위에는 온통 타향의 것들로만
그득했기 때문입니다

그의 손을 뿌리치고
볼 위로 떨어지는 익숙함 하나라도
움켜쥐려고 손바닥을 펼칠 때에도
흐르는 자음과 모음은
손금 사이사이로 지나갈 뿐이었습니다

페이스트리 우주

하루 기분

고통을 고통 하다
하루를 다 보내곤
방구석에 머리를 기대고
기분을 기다리는 나

재봉틀

우리 엄마의 재봉틀은 쉬지 않고 돌아가요/손가락만 빨고
있는 나를 옆에 뉘여 두고 끊임없는 달라스 하이웨이 너머
아이스크림 팔러 나가 온몸으로 땀 흘리는 아빠 기다리며/
한 오라기라도 팔아 칭얼대는 갓난이를 먹이려고/우는 내
작은 배를 잠깐 어루만지고는/다시 드르륵 드르륵 드르륵
드르륵 드르륵/우리 엄마 재봉틀은 쉬지 않고 돌아가요

페이스트리 우주

소나기

며칠이나 열심히 달렸던
너의 푸르름이
연못이 되었다가
바다가 되었다가
　　밀려나갔다가
다시 들어와서
어깨에 무수히 부수어져 내린다

서리만 아롱아롱

슬픔은 비가 아니라
이파리 위 서리처럼
아롱아롱

그 위에
...
그 위에
...

차곡차곡 맺히네
녹지도 않고
한동안은 말야

눈물실

칼바람 잦아들고
화씨의 단위가 가열하는 이곳은
금빛 금강과 충북의 평야보다
드넓고 따뜻한데

퍼지는 볕 끝은
퍼지는 동상처럼
왜 이리도 시린가

흘러간 세월만큼 뽑아 낸 눈물실로
엄마 솜씨 흉내 내어
기워 낸 무명을 몇 벌이나 겹쳐 입고 나서야

장마처럼 내리는 회한으로
떨어지는 체온이
겨우 멈춰 섰다

하늘 Ⅰ

오로지 몽상한다
경계조차 없는
경계조차 하지 않는
안개 낀 하늘을 바라보며
시야 밖의 부재하는 공간을

페이스트리 우주

하늘 II

밤새 흘러넘치던 하늘이
부르짖는 것은 무엇이었을까요
오늘은 그의 얼굴이
하얀 점 하나 없이 맑습니다

그 환하고 투명한 얼굴이 말없이
나를 내려다보는 듯합니다

그를 바라보는
제 눈동자에는 아직 어제의 폭풍우가
내려칩니다

무서운 시

매일 일몰 즈음인가요 망자의 마음으로 스틱스
강변을 서성이다가 흐린 표정으로 나의 장례에
갑니다 홀로 건너기 전에요

입관은 가깝고 보름달은 기울지만 까닭 모를 희
망으로 창백한 육신에 헤모글로빈을 쓸어 담아
요 먼동이 트기 전 - 그럼에도 불구하고 - 부활
을 생각해도 될까 싶어서요 그리고 물어보고
싶어서요, 내가 그의 구원을 모독하는 걸까요?

Unable to

Nothing but additional texts with
the intellectual/academic word count in the
double-spaced, 12 font-size formatting are
ones that I am able to

The collective voice is in the S-I-L-E-N-
That I could intermittently perceive in each
moment, from under the troubled water to
the silver lining over the heavy air, when
wading into them

I am trying to listen to the voices of y'all,
but your whistle with lightly stomping feet
is unable to

하늘길

비좁은 좌석 하나에 소박하게 자리한
인자한 인상의 어머니와 명랑한 눈의 아기가
나와 내 아내의 옆자리에 앉았다

잠시의 소음으로
잠시의 휴식도 방해받기 싫은 나는
옹졸한 욕심과 피로로 뭉친 속말 - 그러나
누군가는 들었을지도 모를 - "망했다!"는
동사를 확정하듯 되뇄지만

그 명랑한 눈으로 창공을 바라보던 아기는
곧 보채지도 않고 코오코오 잠들었다가
또 보채지도 않고 꼬물꼬물거리며
엄마가 건네준 맘마를 물었다

그를 축복하듯 응시하는
어떤 사연이 담겼는지 알지 못할
투박한 손의 어머니는,
모두의 어머니들처럼
아기의 머리를 감싸듯 쓰다듬으며
침묵으로 하늘길을 헤쳐 갈 뿐이었다

후시딘

서로를 기대하지도
서로를 기대지도 못하고

불안과 애정과 애증과 소유와 욕망과 절망과
불안과 그리움과 상냥함과 즐거움과 애틋함과
다시 불안과 아픔과 치유 없는 상처로
그저 길고 깊은 한숨만 가득한 너와의 긴 하루

그 반복적 열상에 후시딘 바르면
우리의 균열도 균형이 될까

손톱

손톱 깎으면서 문득, 하는 생각
아빠 몰랐어요 나는
사람으로 사는 것이
이렇게 어려운지
곰곰이 묻다 보니
어느새 손톱 다 깎았네
대답은 듣지도 못하고

페이스트리 우주

미숙아

여름으로
내딛지 못하는
그렇게 미숙아
나는 말이야

셀 수 없는 세포가
아스라이 죽어 버려도
한 가지 따스한 생산조차 못 하는
그렇게 나는 청순만 해

스쳐 가듯 마시면 파편인
세계의 공기를
흠뻑 들이키면

내뱉지 못하는 지병처럼
찢기듯 지독한 폐렴

스스로도 구하지 못하는
미숙아
그렇게 말이야

Pentel 지우개

타국의 밤은 낮처럼 밝아 오고
모국의 낮은 밤처럼 어둡다
타국의 밤은 점점 더 잘 기록되고
모국의 낮은 점점 더 멀어진다
타국의 밤이 거듭하여 짙어지면 흑연처럼
모국의 낮은 점점 더 잘 지워진다
싸구려 Pentel 지우개로도

페이스트리 우주

사각 두드림

정방형의 창을 때리는
너의 음소
하나하나 조용히 다가와 박힌다
때론 슬픔으로 때론 사랑으로

각각의 사각 프레임이
따가운 단어를 하나하나 받아 낼 때
끊김 없는 음절은
나를 향한 너의 끊임없는 두드림

대신시장

그레이프 바인에서 사 온
갭 셔츠와
포니 신발과
에이치엔엠 바지를 입고
옛 정취 그득한
신길7동 대신시장을 지나간다

땀나도록 매운 새빨간 어묵과
이천 원짜리 계란말이, 진미채, 고사리나물
온갖 맛 나는 것들이 가득한 반찬가게와
변함없이 쫀득한 인절미 떡집

유난히 큰 내 발 사이즈를 기억하고
분주히 신발들을 이리저리 맞춰 보는
백발이 된 신발가게 아저씨와
유행이라는 티셔츠를 꺼내 오며
디자인 전공하는 아들 자랑에 여념 없던
옷집 아주머니

모두 그 자리에 그대로 있는데

페이스트리 우주

불현듯, 시장 풍경이
생경하게 느껴지고
몸에 걸친 이방의 것들이 더욱 익숙해져서
황급히 돌아오는 길 건너
노란색 신호등만 우두커니 켜져 있다

헤파이스토스와 눈

눈이 온다
소복하게

해질녘 노을 빛 아래에도
망향의 그림자조차 드리울 곳 없는
서늘한 빙하로부터
끊임없이 쏟아져 내려

헤파이스토스의 무자비한 담금질로
육각으로 벼려진 살갗에
천 한 조각 여미지 못한 채
비틀비틀 흘러내리다

황적한 토지와 충돌하곤
고요히 출혈로 스미어

어느 호수로
어느 강줄기로
어지러이 흐트러진
어느 이국의 해안선으로 흘러들면서

페이스트리 우주

소복하게 쌓여
눈이 운다

개똥

개똥은 비 한 방울 없는 맑은 날에 비가 오면
개똥같이 살지 않겠다고 다짐하면서도
매일매일 말라붙은
개똥이 되고야 마는 것이었다

국경의 시간

어느 지하철 역이었던가
서로의 짐들이 무심결에
서로의 발을 밟으며 지나간다

감각을 잃을 만큼
저린 비명에도
무관심한 눈빛

옆자리 아주머니 따라 쿨쿨

나는 얼마간 졸았다가 꿈뻑꿈뻑 깨었다가

서울역을 한참이나 지나
어느 국경의 시간을
내린 것일까 그런 비명들 사이로

그런 비명들 사이를
공명하며 어느? 국경의 시간을

꽃

막막한 광야 위로
천진하게 흐드러진 노란 들꽃은
절대자의 샌들 아래
모래처럼 부서져 녹아내렸다

그토록 한 서린 잔여물 아래
새로이 뿌리내린 이방의 씨앗 하나가
개척해 낸 미지 위로

출발과 도착을 끊임없이 반복하며
눈부시게 번성해
다시 흐드러지게 피어나는
샛노란 전조등 불꽃

　　　　　　　　　　　　　페이스트리 우주

네
겹

한입을 베어 물면 입안을
맴도는 애도

개화

어디에서나
꽃이 피어납니다

어떤 꽃은 겨우 내내 얼어붙은 대지에서 웅크리다
한 방울, 두 방울, 녹아 드는 눈 입자에 활짝

어떤 꽃은 포근한 봄노래에 꿈꾸다
푸른빛 청량감에 눈부시게 활짝

어떤 꽃은 호우 시절 봉오리에 감추었다
곡식 향기 마시고 동곤 배 두드리며 활짝

어떤 꽃은 보도 블록 위 낙엽에 젖어 있다
말간 두 볼 스치는 냉기에 화들짝

겨울 봄 여름 가을 그리고 겨울
꽃은 무수히도 피어나니

여름 꽃을 봄에 볼 수 없느냐고 재촉할 것도
겨울 꽃을 가을 열매 사이에서

페이스트리 우주

나무랄 것도 없습니다

누구에게나
꽃은 피어오릅니다
그만의 시간에

토요일에 뭐 하세요?

짧은 문장
"토요일에 뭐 하세요?"
꿀꺽 삼킨 채 살짝 지나쳐 옮기는 걸음

몽상만 뜨겁게 내리는 도서관 창가 옆
떠오르는 그 얼굴에
종이 한 장 넘기기 어려울 만큼
멍하니 있다가

오래된 파카 펜 겨우 쥐고
차분하게 너 미소 그리면

기약 없는 대답 대신
한 글자 한 글자
진해지는 잉크만

Raindrops

Raindrops,

Do not tell anyone that you came,

tapping and knocking

In my solitude,

I will wait for your silent gathering till

becoming a deep lake

That moment, amid the deep

I wish I could float a paper boat,

paddling all night without grief

네 겹 + 한입을 베어 물면 입안을 맴도는 애도

히커리 나무와 구름과 시

새까만 차들은
히커리 가로수길 위로
사막의 돌풍처럼 바삐 달리지만

차분히 살랑대는 세 겹의 구름은 - 서로 다른
색이지만서도
뭉쳤다 펼쳐졌다 고요히 떠다니다가
싹조차 틔지 않는 오랜 나뭇가지 끝에 조용히
걸렸습니다

나는 다만 그들의 사근거리는 대화를
히커리 나무로 만든 연필로
황급히 적을 뿐이었습니다

페이스트리 우주

봄바람

보드라운 초봄의
바람 불어

    마음속
메 마 른 한 줄 기
가　　　지　　　들　　　을
       쓰 다 듬 고
지나간다

포근하게 스치는 봄바람
서둘러 붙잡아 깍지 끼고
단단한 돌계단 차근차근 밟다 보면

어느 새 언덕 위엔
흩날리는 백합화와
어지리이 퍼져 있는
당신의 향기

보이저호

잠이 다 깨 버렸어도 눈 감은 채예요
포근한 눈꺼풀 은하계를 벗어나기 싫어서

곧 발사된 나의 위성, 보이저는
단 한 방울도 벗어나지 못하고 궤도를 떠돌다
이 은하의 모든 행성, 항성, 먼지 따위와 엉겨서
새벽을 유영하지요

잠이 더 깨 버렸네요 눈 감은 채로요

페이스트리 우주

10시, 2월 27일 17년, 세탁실

며칠 쌓인 이불 빨래 옆
나 홀로 웅크려 앉은 간이의자

백열등 조명 아래 세탁실엔
통돌이만 위아래로 덜컹덜컹
그러다가 또 빙글빙글 돌고 있는데

의식하지 않아도
종일 담긴 타인의 체취들까지
끊임없이 새어 나와

다같이 빙글빙글 돌아가는
통통한 내 머리통

네 겹 + 한입을 베어 물면 입안을 맴도는 애도

숙부

늦은 오후 벧엘 요양원에서
영면을 기다리는 숙부의
횃대같이 마른 손을 움켜쥔다

일순간 그의
순전한 입술
맑은 눈동자
붉었던 두 볼
역사처럼 스쳐 가고

한숨인지 유언인지 모를
최후의 문장 몇 마디에
고막을 찢긴 채
애도의 무저갱으로
빨려 들어가는 나

희고 통통한 손으로
주룩주룩 흐르는 이별을 훔쳐 내며
가까스로 내려놓는
숙부가 좋아했던
옛날 크림빵과 커피우유

페이스트리 우주

사시나무

나, 사시나무, 는 비루와 불안 위에 뿌리내리어

지나갈 한 줌의 추위에도 소스라치게 떨고

작은 싹을 잠시 스친 땀의 무게조차 감당하기
어려우며

비틀린 가지마다 이루어질 열매의 형태조차
가늠치 못하오니

역정의 경로마다 솜 적신 포도주를 달게 내리사

풍요로 한없이 쏟아 내릴 천로를 보이시어

곤궁하고 메마른 이파리에 결국 영롱한 색을
내시고

그 새로운 빛깔마다 비통했으나 금세 아름다울
이름을 붙이시고 또 부르소서

Sleety Random Access Memories

내 아비의 한숨, 그 뜻을 알게 된 무렵
빛바랜 일기장에 깨알 같은 단어와 뒤섞인 구절들
빼곡하게 한 장 그리고 한 장 더 또 한 장 더

나는 너를 써 내려갔다
나는 너로 채워져 갔다
내 오랜 벗님아

그러나

Slot 1. 이제 아비의 시절만큼 쌓여 버린 감정의
퇴적층 아래 묻어 버린 형태소들
Slot 2. 한참이 지나서야 주름 손으로 서글프게
파헤친 어린 울먹임 속 단어들
Slot 3. 그 상념의 표면이나마 날카롭게
마른기침하며 가까스로 묶어 낸 문단들
Slot 4. (Empty)

그 모든 언어학에
우리가 담겼는가?

페이스트리 우주

오랜 벗님아

이 봄의 초입에도 눈앞에 흩어 뿌리는

싸리눈이 모두 아스라이 녹아내리기 전까지는

정녕 알 수 없는 일이다

네일샵

너의 설렌 손짓에
작은 큐빅들
세심하게 빛나면
고요하게 시작되는
우리의 작은 파티

페이스트리 우주

페이스트리 우주(The Pastry Universe)

각자 어떤 겹침에 있었더라도
우주가 한없이 서로 멀어지듯이
빵가루 별들은 끊임없이 떨어져가지만
각각의 중력분으로 조금씩 서로를 알아채고,
별일 없는 각자의 평온을 기도하면서

그렇게 하루 공전을 마치면
판매대 위에서 달콤하게 잠이 듭니다

페이스트리
우주

© 원대현, 2024

초판 1쇄 발행 2024년 4월 3일

지은이   원대현
펴낸이   이기봉
편집   좋은땅 편집팀
펴낸곳   도서출판 좋은땅
주소   서울특별시 마포구 양화로12길 26 지월드빌딩 (서교동 395-7)
전화   02)374-8616~7
팩스   02)374-8614
이메일   gworldbook@naver.com
홈페이지 www.g-world.co.kr

ISBN   979-11-388-2905-2 (03810)